Minu

the Bilingual Dog and Friends
Dwujęzyczny piesek i przyjaciele

Anna Mycek-Wodecki

For all bilingual animals around the world! AM-W

Milet Publishing, LLC
333 North Michigan Avenue
Suite 530
Chicago, IL 60601
Email info@milet.com
Website www.milet.com

First published by Milet Publishing, LLC in 2008

Copyright © 2009 by Anna Mycek-Wodecki
Copyright © 2009 by Milet Publishing, LLC

ISBN 978 1 84059 523 9

Printed in China

Minutka

Each day brings something new
for a bilingual doggy like me.

Dla dwujęzycznego pieska jak ja,
każdy dzień przynosi coś nowego.

Good morning, Butterfly!

Dzień dobry motylku!

I love to play Sherlock Holmes.
Can I find my friends?

Bardzo lubię bawić się w Sherlocka Holmesa.
Ciekawe czy znajdę moich przyjaciół?

Paisa, where are you?

Gdzie jesteś Paisa?

There's my friend, Frog.
She likes to tell jokes.

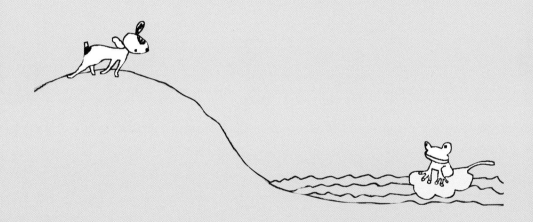

A to moja koleżanka żaba.
Ona lubi się wygłupiać.

Oopsy daisy!
Now I've made *her* laugh!

Ojejku . . . spadam!
Ale będzie się ze mnie śmiała!

Mother Goose tells stories from all over the world.
Her chicks like to listen.

Mama gęś opowiada bajki z różnych stron świata.
Jej dzieci bardzo lubią ich słuchać.

Let's hear a story in Polish, Minutka.

Minutko, opowiedz nam bajkę po polsku.

It's time for my nap. Should I be
a sleeping Sphinx . . .

Czas na drzemkę. Czy mam być śpącym sfinksem . . .

. . . or a toilet paper mummy?

. . . czy mumią z papieru toaletowego?

Ahhh, it feels good to stretch.

Ach, jak dobrze się przeciągnąć.

Hey, my Parakeet friends are here!

Hej! Przyjechały moje przyjaciółki papużki!

They like to give me flying lessons.

Lubią dawać mi lekcje fruwania.

Oh, well. I can't fly,
but I love to take a drive!

No tak, nie umiem fruwać,
ale kocham jeździć samochodem.

I think Coco and I are twins.
We look so much alike.

Myślę, że Koko i ja jesteśmy bliźniaczkami.
Wyglądamy zupełnie identycznie.

Can Little Lamb come out to play?

Czy malutka owieczka może wyjść pobawić się ze mną?

Time to eat? What's on the menu today?

Czas na jedzonko? Ciekawe co dzisiaj w jadłospisie?

I think I like it.

Chyba mi smakuje.

This is how I clean up after eating.

Tak wycieram sobie buzię po jedzeniu.

And then I become a gas producer!

A potem zostaję producentem gazu!

Thank you for inviting me to play, boys.
Maybe tomorrow.

Dziękuję za zaproszenie do zabawy chłopcy.
Może jutro.

I love running around with you,
but I need to catch my breath.

Bardzo lubię z wami ganiać,
ale dajcie mi złapać oddech.

Abby and I like to share our secrets.

Abby i ja lubimy wymieniać się sekretami.

Awesome.

Niesamowite.

I'm dancing in the rain.

Tańczę razem z deszczem.

Yay! Muddy puddle!

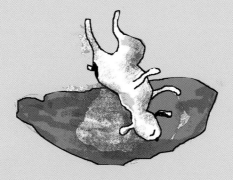

Ale fajnie! Błoto!

I look like a cactus!

Wyglądam jak kaktus!

Thank you!
The brush always feels good.

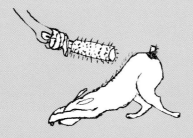

Dzięki!
Lubię się czesać.

Goldie, can you make a wish in Polish?

Złota rybko, czy umiesz powiedzieć życzenie po polsku?

This is my thinking position.

A to jest moja pozycja myśliciela.

Crane, look at me! I can walk like you.

Zobacz żurawiu, też umiem chodzić tak jak ty!

I like to pee like the big boys do.

Lubię siusiać jak duże chłopaki.

Rarrr! I am the Loch Ness Monster!

Arrrr! Jestem potworem z Loch Ness!

I can always find Fox in hide-and-seek.

Jak się bawimy w chowanego, to zawsze znajdę lisa.

Take it easy, Minutka! I'm just passing by!

Spoko Minutka! Ja tylko przechodzę.

Cool shades, Raccoon.

Szop, ale masz super okulary!

At night, my eyes are like stars.

W nocy mam oczy jak gwiazdy.

My family wishes me good night in Polish . . .

Moja rodzina życzy mi dobrej nocy po polsku . . .

. . . and good morning in English!

. . . i dzień dobry po angielsku!

I wonder which friends I will see today.

Ciekawe kogo dzisiaj spotkam.

Will you join me?